Barbara Rath

Der Gurkenvampir

Ein Kinderroman

mit Illustrationen von Melanie Woicke

Zu diesem Taschenbuch sind folgende Materialien erhältlich:
• Literaturprojekt zu „Der Gurkenvampir“ (Best.-Nr.: LP58, ISBN 978-3-86740-015-2)

weitere Literaturprojekte zu Büchern von Barbara Rath unter
www.buchverlagkempen.de

Im BVK Buch Verlag Kempen sind weitere **Minibücher / Taschenbücher** von
Barbara Rath erschienen:
• **Der Fall Samson** (Best.-Nr.: LI21, ISBN 978-3-86740-028-2)
• **Der Rosenkohlpirat** (Best.-Nr.: LI24, ISBN 978-3-86740-031-2)
• **Die tibetanische Rennschnecke** (Best.-Nr.: LI08, ISBN 978-3-936577-87-7)
• **Vollhorst!** (Best.-Nr.: LI53, ISBN 978-3-86740-261-3)

Bibliografische Information Der Deutschen Bibliothek
Die Deutsche Bibliothek verzeichnet diese Publikation in der Deutschen Nationalbibliografie; detaillierte bibliografische Daten sind im Internet über http://dnb.ddb.de abrufbar.

www.buchverlagkempen.de

10. Auflage, Kempen 2020

Nach der neuen deutschen Rechtschreibung

Lektorat: Sandy Willems-van der Gieth, BVK
Umschlaggestaltung: Iris Wirker, BVK, unter Verwendung der
Illustration von Melanie Woicke, Berlin
Kolorierung: Nadine Gilles, BVK
Gestaltung: Nadine Gilles, BVK, Iris Wirker, BVK
Illustrationen: Melanie Woicke, Berlin
Druck / Bindung: GrafikMediaProduktionsmangement, D-Köln

Printed in Europe

Best.-Nr.: LI25, ISBN 978-3-86740-032-9

1. Kapitel

Wenn plötzlich Pommes nicht mehr schmecken …

Tom schmeckte das Abendessen einfach nicht. Dabei mochte er Bratwurst und Pommes sonst sehr gerne. Doch wie sooft in der letzten Zeit war die Stimmung zu Hause heute wieder gedrückt. Toms Hals war deshalb wie zugeschnürt! Es war nämlich das passiert, wovor seine Eltern schon lange Angst gehabt hatten: Der große Supermarkt hatte keine fünfhundert Meter weit entfernt eröffnet!
Dabei ist ein Supermarkt ja eigentlich nichts, wovor man Angst haben muss – es sei denn, man hat ein kleines Geschäft, in dem Obst und Gemüse verkauft werden – so wie Toms Eltern.
Gleich nachdem bekannt geworden war, dass auf ihrer Straße ein Supermarkt eröffnet werden würde, hatte Toms Vater voller Sorgen gesagt: „Der bricht uns das Genick!"
Tom war erst elf, doch er wusste genau, was sein Papa damit meinte. Herr Blatter hatte Angst, dass seine Kunden ihr Obst und Gemüse von nun an lieber in dem Supermarkt kaufen würden als bei ihnen. Im Supermarkt war schließlich vieles billiger.

Auch Toms Mutter stocherte lustlos in ihrem Essen herum. Dann sagte sie: „Ich habe Frau Meierlein heute vorbeigehen sehen. Bisher war sie ja eine unserer ganz treuen Kundinnen. Sie sah beinahe erschrocken aus, als sie mich bemerkte. Es war ihr wohl peinlich, dass sie die große Einkaufstüte vom Supermarkt nicht verstecken konnte. Die Tüte war randvoll – und obendrauf lagen Blumenkohl, ein Paket Äpfel und ein paar Porreestangen ragten auch noch heraus. Die kauft bei uns so bald nicht mehr ein!"

„Aber unsere Qualität muss sie doch überzeugen, Martha, und so viel teurer sind wir auch nicht!", sagte Toms Vater etwas zu laut.

„Ich weiß", erwiderte seine Mutter, „unsere Ware ist absolut frisch und auch nicht mit irgendwelcher Chemie gespritzt. Aber viele Leute müssen heute sparen. Andere stecken ihr Geld lieber in einen teuren Urlaub oder in ein großes Auto und nicht in hochwertige Lebensmittel. Und wenn sie Bio-Gemüse kaufen, dann bequem direkt beim Großeinkauf im Supermarkt. Bis zu unserem Laden läuft dann keiner mehr!"

Traurig nickte Toms Papa. Aber was sollte er tun?

Tom blickte zwischen seinen Eltern hin und her. Früher hatte es Spaß gemacht, mit ihnen zu Abend zu essen. Mama und Papa hatten Geschichten von den Kunden erzählt und Tom hatte immer gern zugehört. Doch seit der Supermarkt den kleinen Laden bedrohte, war es jeden Abend stiller geworden am Tisch. Wenn überhaupt gesprochen wurde, dann über Preise, Sparen, Qualität und das Wegbleiben der Kunden. Dabei war niemandem zum Lachen zumute. Tom hatte es satt!

Eine Träne lief ihm übers Gesicht. Tom fühlte sich zugleich traurig und ängstlich. Und das machte ihn wiederum irgendwie wütend. Er wollte keine Angst haben. Er wollte nicht mehr trübsinnig dasitzen und diskutieren. Und so knallte er plötzlich sein Messer neben den Teller und brüllte: „Ich kann es nicht mehr hören!"
Erschrocken sahen seine Eltern ihn an. Tom sprang auf und lief schluchzend aus dem Zimmer.

Es war ihm egal, dass es immer hieß: Jungen weinen nicht! Ihm war zum Heulen zumute. Immer herrschte nur diese bedrückte Stimmung und seine Eltern hatten schon lange nicht mehr gelacht. Und die Angst seiner Eltern, dass ihr Geschäft bald nicht mehr genug einbringen würde, um davon zu leben, diese Angst war auch ihm ganz tief in die Knochen gekrochen. Da half es nicht einmal, dass sein Vater sich später neben ihn auf das Bett setzte, auf dem er weinend lag, den Kopf tief in den Kissen vergraben. Er spürte die Hand seines Vaters über seinen Kopf streichen.
„Wird schon irgendwie weitergehen …!", murmelte Herr Blatter beruhigend.

Aber Tom beruhigte sich nicht. Die Blatters hatten doch nur diesen kleinen Laden, den schon Toms Großvater geführt hatte.
Bisher war alles gut gewesen, fand Tom. Er wollte, dass die Dinge so blieben, wie sie waren. Und er wollte, dass seine Eltern endlich wieder lachten!

2. Kapitel

Wenn Gurken Löcher haben ...

Am nächsten Tag stand Tom nachmittags im Laden an der Kasse. Im Rechnen war er ein Ass! Kein Wunder, denn seitdem er fünf Jahre alt war, durfte er im Geschäft seiner Eltern mitarbeiten, wenn er wollte. Und die Arbeit an der Kasse machte ihm wirklich Spaß. Seit er in die fünfte Klasse gekommen war, erlaubten ihm seine Eltern sogar, hier zu arbeiten, ohne dass sie ihn direkt überwachten. Während Tom kassierte, räumte sein Vater in den Regalen um und seine Mutter wischte den Boden dort, wo gerade irgendjemand eine Tomate plattgetreten hatte.
Viel zu tun war nicht an diesem Nachmittag. Es kamen nur wenige Kunden und die machten auch nicht gerade große Einkäufe. Tom tippte für einen Mann, den er nicht kannte, die Preise in die Kasse. Leise murmelte er dabei: „Tomaten, einsdreißig, Äpfel, zweizehn, Blumenkohl, einsneunundneunzig, Gurke, neunundneunzig ..."
„Halt mal!", unterbrach ihn der Kunde plötzlich und griff nach der Gurke. Er hielt sie dicht vor sein Gesicht und betrachtete sie kritisch. „Was ist denn das?", fragte er schließlich verärgert. Er hielt Tom

die Gurke unter die Nase. Der konnte nun sehen, was der Mann meinte: An der Seite der Gurke, direkt neben dem Stiel, befanden sich zwei Löcher. Es sah so ähnlich aus, als hätte jemand mit einem Bleistift zweimal dicht nebeneinander in die Gurke gestochen. Tom hatte so etwas noch nie zu Gesicht bekommen.

„Papa? Kommst du mal?“, rief er etwas unsicher.

Sein Vater kam mit wehendem Kittel – er trug wie in alten Zeiten immer einen blütenweißen Kittel bei der Arbeit – herbei.

Unfreundlich wedelte der Mann an der Kasse mit der Gurke herum und meckerte: „Bei Ihren hohen Preisen kann ich wenigstens erwarten, dass die Ware hier in einwandfreiem Zustand ist.“

„Da sind zwei Löcher drin, Papa“, erklärte Tom.

Herr Blatter sah sich die Gurke nun ebenfalls genau an. Tatsächlich. Da waren wirklich zwei Löcher.

„Tut mir leid. So etwas kommt gelegentlich vor. Vielleicht ist es beim Transport passiert. Selbstverständlich bringe ich Ihnen sofort einwandfreie Ware!“, sagte Herr Blatter beruhigend. „Warten Sie bitte einen Moment!“ Herr Blatter eilte zum Regal, wo sich die Kiste mit den Schlangengurken befand. Er griff sich die erstbeste – aber schon stockte er. Was war denn das? Da waren ebenfalls zwei kleine

Angebot
0,99

Löcher dicht beieinander in der Schale. Sie sahen genauso aus, wie die anderen.

Möglichst unauffällig legte Herr Blatter die Gurke beiseite. „Ich suche Ihnen eine besonders große heraus!“, rief er zu dem Mann an der Kasse hinüber, um zu erklären, weshalb er nicht sofort zurückkam. Aber: Er musste sieben Gurken wieder beiseitelegen, bis er eine fand, die keine Löcher hatte!

Der Mann an der Kasse war inzwischen ungeduldig und misstrauisch geworden. „Wenn Sie so lange brauchen, um eine vernünftige Gurke für mich zu finden, stimmt doch hier etwas nicht!“, meinte er. Zu sich selbst murmelte er, sodass nur Tom ihn gerade noch verstand: „Biogemüse, schön und gut. Wenn nicht mal das in Ordnung ist, kann ich auch im Supermarkt einkaufen, da ist es wenigstens billiger.“ Erschrocken sah Tom ihn an, doch der Mann beachtete ihn nicht. Herr Blatter brachte endlich die neue Gurke und Tom kassierte wortlos ab.

Schließlich verschwand der unangenehme Mensch mitsamt seinen Einkäufen.

„Was war denn los, Heinz?“, wollte Frau Blatter wissen. Sie hatte das Gespräch nur mit halbem Ohr mitbekommen.

Herr Blatter stand wieder neben der Gurkenkiste und schüttelte fassungslos den Kopf.

„Aber was hast du denn, Papa?“, rief nun auch Tom von der Kasse herüber.
Sein Vater stammelte: „Die Gurken … die ganzen Gurken …“
Da nun keine Kunden mehr im Laden waren, liefen Tom und seine Mutter rasch zu ihm. Herr Blatter nahm eine Gurke nach der anderen in die Hand und schaute sie prüfend an. Einen ganzen Haufen hatte er schon beiseitegelegt! Nur zwei Gurken kamen zurück in die Kiste.
„Was ist denn nun mit den Gurken?“, ließ sich seine Frau wieder vernehmen.
„Sie haben Löcher. Alle Gurken haben Löcher!“ Herr Blatter klang völlig ratlos.
Tom nahm eine der aussortierten Gurken. Tatsächlich: Zwei kleine Löcher waren darin, die aussahen wie mit einem Stift hineingestochen. Beide befanden sich dicht nebeneinander und nahe beim Stiel. Ansonsten war die Gurke makellos.
„Aber“, sagte Toms Mutter, „das ist doch Handelsklasse A! Das heißt, keine Macken, keinerlei Beschädigungen, einfach perfekt. Wie kommen da Löcher hinein?“
Toms Vater fuhr sich durch die Haare. Ratlos schaute er in die Gurkenkiste. „So etwas ist mir in all den Jahren in meinem Laden noch nicht passiert!

Vielleicht habe ich ja ausnahmsweise beim Einkauf der Ware nicht genug achtgegeben? Oder jemand hat sich einen üblen Scherz erlaubt. Jedenfalls sollten wir die Gurken so schnell wie möglich verschwinden lassen, bevor sich noch ein Kunde beschwert. Wenn wir eines im Moment nicht brauchen können, dann ist das schlechte Reklame!“

Tom und seine Mutter halfen, die beschädigten Gurken aus dem Verkaufsraum ins Lager zu schaffen. „Es ist eine Schande!“, jammerte Toms Mutter. „Die Gurken sind doch wirklich herrlich frisch! Nur wegen dieser winzigen Löcher müssen wir sie aus dem Verkauf nehmen. Ich trage rasch mal ein paar hinüber in die Küche. Heute Abend gibt es Gurkensalat!“

Tom runzelte die Stirn. Er ahnte nichts Gutes: Sie hatten zweiundzwanzig Gurken aussortiert! Einfrieren konnte man die Dinger nicht – so viel wusste er. Aber er wusste leider auch, dass seine Mutter nicht gerne Lebensmittel wegwarf.
Das sah verdächtig nach einer sehr gurkensalatreichen Zeit aus, die da vor ihm lag.

3. Kapitel

Wenn Stürmer nicht mehr treffen …

Zwei Tage später verbrachte Tom den Nachmittag nicht im Laden. Er ging zum Fußballtraining. Das tat er zweimal in der Woche. Seit fast drei Jahren kickte er mittlerweile zusammen mit seinen Freunden Nick und Ben für den 1. FC in seiner Stadt.

„Hi Tom!“, grüßte ihn lässig sein Freund Nick, als er den Platz erreichte.

„Hi!“ Mehr kam nicht von Tom.

Ben, der gerade seine Schuhriemen festzog, guckte verdutzt hoch.

Nick schlug Tom krachend auf die Schulter. „Ist was? Du siehst aus, als wärst du ganz schlecht drauf.“

Bevor Tom etwas erwidern konnte, kam der Trainer auf sie zu. „Na, Jungs!“, begrüßte er die drei. Er schüttelte den Jungen die Hand und tat dann so, als würde er Tom ein Geheimnis ins Ohr flüstern: „Ich kenne ein tolles Geheimrezept, das hilft, wenn man schlecht drauf ist. Man muss mit der Mannschaft drei Platzrunden laufen.“

Und schon rannte Tom mit den anderen Jungen um den Platz. Das taten sie eigentlich immer zu Beginn des Trainings zum Aufwärmen. Tom vergaß dabei

wirklich seinen ganzen Kummer. Der holte ihn erst wieder nach dem Duschen ein, als er mit seinen Freunden Nick und Ben frisch geschrubbt aus der Umkleidekabine kam. Alle setzten sich wie immer auf eine bestimmte Bank am Rand des Spielfeldes, um der ersten Mannschaft beim Training zuzusehen. Tom wühlte in seiner Sporttasche. Zuerst fand er seine Trinkflasche und nahm einen großen Schluck Sprudelwasser. Als Nächstes suchte er die Plastikdose, die sich auch in der Tasche befinden musste. Endlich fand er sie zwischen Handtuch, Schienbeinschonern und Ersatzsocken. Erwartungsvoll klickte Tom den Deckel auf. Aber kaum sah er, was sich in der Box befand, da stöhnte er laut auf: „Das kann doch nicht wahr sein! Schon wieder Gurken!"
Ungeniert langte Nick in die Dose und fischte sich zwei dicke Gurkenscheiben heraus. „Was hast du gegen Gurken?", wollte er wissen.
Tom stöhnte nochmals: „Seit zwei Tagen gibt es bei uns zu Hause kaum noch etwas anderes! So langsam kann ich keine Gurken mehr sehen!"
Jetzt nahm sich auch Mittelstürmer Ben zwei Gurkenscheiben. „Verstehe ich nicht!", sagte er mit vollem Mund. „Meine Mutter hat erzählt, dass sie gestern bei euch im Laden Gurken kaufen wollte und es keine gab. Sie war ganz schön sauer und meinte,

demnächst würde sie lieber gleich in den Supermarkt gehen. Wenn sie Gurken will, dann kriegt sie da auch welche."

Tom blieb der letzte Bissen vor Schreck fast im Hals stecken, als er das hörte. Vorsichtig fragte er: „Das hat deine Mutter wirklich gesagt?"

Ben nickte. „Ja. Mensch, du bist ja ganz blass geworden! Was ist denn so schlimm an dem, was meine Mutter gesagt hat?"

„Was glaubst denn du, wie viel in unserem Laden noch los ist, seit der Supermarkt eröffnet hat?" Tom ließ den Kopf hängen. „Kaum ein Kunde kommt.

Und dann auch noch diese Geschichte mit den Gurken."

Nick kratzte sich verwirrt den Lockenkopf. Etwas misstrauisch besah er sich die Gurkenscheiben in seiner Hand. „Stimmt was nicht mit den Gurken? Die schmecken doch wirklich prima! Jedenfalls besser als das halbwelke Gummiding, das meine Mutter aus dem Supermarkt angeschleppt hat."

„Das ist ja das Komische", versuchte Tom zu erklären. „Unser Obst und Gemüse ist wirklich supergut. Mein Vater kennt fast alle Lieferanten persönlich. Darum kaufen viele Leute ja bei uns, obwohl es

etwas teurer ist. Aber jetzt haben wir eine ganze Lieferung Gurken bekommen, die alle nicht in Ordnung waren."
Nick spuckte seine Gurke im hohen Bogen auf den Platz. „Bist du irre? Willst du mich vergiften?", fragte er seinen Freund wütend.
„Nein, du hast mich missverstanden", versuchte Tom Nick zu beruhigen. „Hier, schau! Die Gurken sind ganz ungefährlich. Ich esse sie doch selbst."
„Was ist denn nicht in Ordnung damit?", fragte Ben.
„Sie hatten ganz plötzlich Löcher."
„Löcher?", riefen Ben und Nick gleichzeitig.
„Ja, Löcher!", fuhr Tom fort: „Die Gurken sahen aus, als hätte jemand immer an derselben Stelle zwei kleine Löcher hineingestochen. Deshalb konnten wir sie nicht mehr verkaufen. Und wegen der blöden Gurkengeschichte kommt jetzt mit deiner Mutter wieder eine Kundin weniger in unseren Laden. Meine Eltern haben Recht. Wenn das so weitergeht, sind wir bald pleite."
Ben nickte ein paarmal mit dem Kopf, so als hätte er gerade etwas begriffen. Er fragte geradeheraus: „Machst du dir Sorgen, Tom? Bist du deshalb in letzter Zeit so schlecht drauf?"
Tom zuckte die Achseln. „Kann sein. Viel zu lachen gibt es jedenfalls bei uns zu Hause nicht mehr."

„Aber das geht doch nicht!“, meinte Nick aufgebracht. „Du bist so neben der Spur, dass du bei den letzten drei Spielen kein Tor mehr geschossen hast! Dabei waren wir in der letzten Saison um diese Zeit Tabellenführer!“

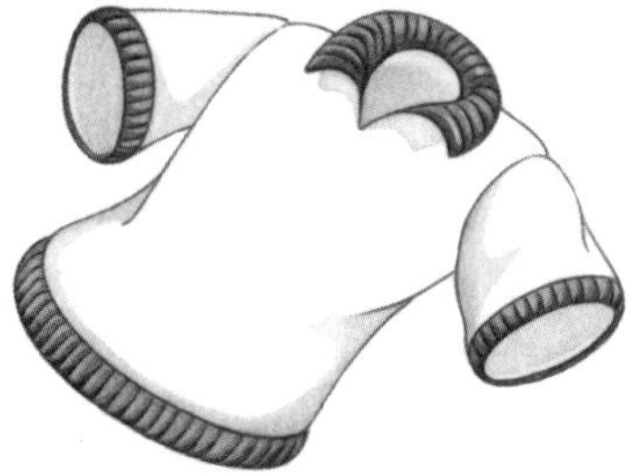

4. Kapitel

Wenn es keine Schnecken waren …?

Ein paar Tage später wurde es laut in Blatters Obst- und Gemüseladen.

„Erst haben Sie tagelang keine Gurken und dann ist die Ware nicht in Ordnung!“, ließ sich die Keifstimme von Frau Semmel vernehmen. Frau Semmel hatte schon eine unangenehme Stimmlage, wenn sie sich nicht aufregte, aber wenn sie sich über etwas ärgerte, dann klang sie wie eine Kreissäge. „Jetzt nehme ich schon die achte Gurke in die Hand, aber die haben alle miteinander Löcher!“

Schwungvoll setzte sie ihren mit Obst vollgepackten Einkaufskorb mitten im Laden ab.

„Wenn es hier nicht einmal anständige Gurken gibt, werde ich diesen Laden nicht mehr betreten …!“ Damit rauschte sie hinaus.

Herr Blatter und seine Frau versuchten, die anderen Kunden zu beruhigen, aber natürlich marschierten alle neugierig zur Gurkenkiste. Und es war nicht zu übersehen: Jede Gurke hatte zwei kleine Löcher neben dem Stiel.

Frau Blatter versuchte zu beschwichtigen und zu erklären – aber vergebens. Alle Kunden waren verunsichert. Im Gegensatz zu Frau Semmel blieben sie zwar höflich und leise, aber kaufen wollten sie plötzlich nichts mehr und verließen schnell den Laden. Kaum standen die Kunden draußen, konnten Herr und Frau Blatter beobachten, wie sie auf der Straße die Köpfe zusammensteckten und aufgeregt miteinander tuschelten.

„Das wird sich rumsprechen wie ein Lauffeuer", vermutete Herr Blatter düster.

Und seine Frau fügte hinzu: „Die eine Hälfte der Einwohner in unserer Stadt wird von Frau Semmel informiert, die andere von den Kunden vor unserem Laden. Heinz, wie konnte denn das passieren? Du hast doch die Gurken besonders gut kontrolliert, oder?"

Ihr Mann nickte. „Natürlich! Jede einzelne, nachdem ich sie gestern auf dem Hof von Hügens geholt hatte. Und sie waren einwandfrei! Da bin ich mir sicher!"

„Aber wie …", seine Frau vollendete den Satz nicht. Man konnte ihr ansehen, dass sie keinen Rat wusste.

Als Tom von der Schule nach Hause kam, hörte er, wie sein Vater telefonierte. Er wollte ja wirklich nicht lauschen, aber sein Vater klang ziemlich aufgeregt und sprach so laut, dass es einfach nicht zu

überhören war: „Ja. Nein! Natürlich. Können Sie mich jetzt mit jemandem von Ihrem Amt verbinden, der so viel von Schädlingen versteht, dass er mir sagen kann, wer oder was Löcher in Gurken beißt? Sicher. Ja. Ich warte … Wie? Schnecken? Ich bitte Sie! Seit wann stanzen Schnecken derart säuberlich Löcher in Gurken, dass sie wie mit der Schablone gemacht aussehen?"
Im Gespräch trat eine Pause ein. Tom hörte seinen Vater nur noch hin und wieder brummeln. Schließlich war zu vernehmen: „Außer den Schnecken fällt Ihnen wirklich nichts ein? Ich kann Ihnen versichern, dass die Löcher über Nacht in meinem Lagerraum in den Gurken entstanden sein müssen. Der Raum war abgeschlossen. Er ist trocken und kühl. Und auch wenn ich keine Ahnung habe, wer die Löcher in die Gurken gebissen hat – ich bin mir sicher, wer es nicht war: Schnecken!" Mit einem sehr unfreundlichen „Guten Tag!" wurde das Gespräch beendet.

Tom ging seinem Vater lieber erst einmal aus dem Weg. Aus der Wohnung lief er nach nebenan in den Laden, wo seine Mutter Petersilie aus einer großen Schüssel nahm, zu kleinen Bündeln schnürte und sie appetitlich nebeneinanderlegte.

Neugierig erkundigte sich Tom: „Was war denn nun schon wieder mit den Gurken?“
Seine Mutter berichtete leise von dem unangenehmen Auftritt von Frau Semmel und davon, wie die anderen Kunden mitbekommen hatten, dass etwas mit den Gurken nicht in Ordnung war.

„Und mit wem hat Papa gerade so aufgeregt telefoniert?“, wollte Tom weiter wissen.
„Mit dem Ordnungsamt, irgendwelchen Lebensmittelfachleuten und sogar mit dem Zoo. Er wollte herausbekommen, wie solche merkwürdigen Löcher in die Gurken kommen“, erklärte die Mutter.
„Schnecken!“, schnaubte Toms Vater, der den Laden wieder betreten und den Rest des Gespräches mitbekommen hatte. „Man sagte mir, Schnecken seien für solche Löcher verantwortlich. Wenn diesen Doktoren und Beamten nichts Besseres einfällt, dann gute Nacht!“
Wutentbrannt stapfte Herr Blatter in den Lagerraum neben dem Verkaufsraum. Mutter und Sohn hörten ihn dort poltern und umräumen. Offensichtlich schob er alle möglichen Vorratskisten hin und her. Höhnisch brummelte er dabei vor sich hin: „Na klar. Schnecken! Alles voll davon hier im Raum. Dass ich da nicht selbst drauf gekommen bin. Ich wate ja knöcheltief in Schnecken! Und die gehen nur an die Gurken und lassen dafür jede Erdbeere links liegen. Muss irgendwie an mir liegen, dass ich die Biester nicht sehen kann!“

5. Kapitel

Wenn man gute Freunde hat …

Beim nächsten Fußballtraining gelang Tom einfach gar nichts. Seinem Trainer fiel sehr schnell auf, dass er überhaupt nicht bei der Sache war. Sonst war es Tom, der die Angriffe seiner Mannschaft nach vorn trug. Heute verstolperte er die einfachsten Bälle, schlug unerreichbare Pässe, ballerte aus todsicherer Schussposition am Tor vorbei.

„Okay Jungs, dreht zum Abkühlen noch eine langsame Runde um den Platz!“, kommandierte der Trainer am Ende der Stunde.

Als Tom sich wie üblich der Gruppe anschließen wollte, hielt ihn der Trainer am Trikotärmel fest. „Du nicht, Tom. Mit dir wollte ich noch kurz sprechen.“

Tom blieb stehen. Schuldbewusst senkte er den Kopf. Er konnte sich denken, was nun kam.

„Was um Himmels willen bedrückt dich so, dass du aus fünf Metern Entfernung das leere Tor nicht mehr triffst?“, fragte der Trainer. Es klang nicht vorwurfsvoll, eher besorgt. Tom schluckte. Ihm lag eine Zentnerlast auf der Seele: Die angespannte Situation zu Hause, die Angst seiner Eltern, ihr Geschäft zu verlieren, die merkwürdige Geschichte mit den Gurken ... – Er wusste gar nicht, wo er beginnen sollte, es war einfach zu viel für ihn!

Es dauerte eine ganze Weile, bis er einen Anfang finden konnte, aber dann sprudelte alles nur so aus ihm heraus. Weder Tom noch sein Trainer merkten, dass die anderen Jungen aus der Mannschaft inzwischen ihre Abschlussrunde gedreht hatten und jetzt atemlos lauschend hinter ihnen standen. Ben und Nick drängten sich in die vorderste Reihe. Schließlich war das ihr Freund, der da so große Probleme hatte.
Als Tom seinen Bericht endlich beendet hatte, seufzte der Trainer tief und meinte: „Jetzt verstehe ich, warum dir nicht nach Fußballspielen zumute ist. Du wärst nicht Tom Blatter, wenn dir das keine Sorgen bereiten würde. Leider kann ich wenig für dich tun. Ich kann dir nur versprechen, dass ich weiterhin in eurem Laden einkaufe. Kleine Löcher in Gurken sind doch eigentlich kein Grund zur Panik, oder?
Aber es tut mir leid, beim nächsten Punktspiel am Samstag musst du auf der Auswechselbank sitzen. So, wie du zurzeit über den Platz irrst, würdest du weder dir noch deiner Mannschaft einen Gefallen tun, wenn ich dich spielen ließe. Das verstehst du doch, oder?“

9
1
2
3
4

Tom schluckte. Er war Mannschaftskapitän! Er war Torschützenkönig in der letzten Saison gewesen! Er hatte noch nie auf der Bank gesessen. Nur als Ersatzspieler zum Punktspiel fahren? Tom sah ein, dass das richtig war, trotzdem wurde er mit seiner Enttäuschung kaum fertig.

Jetzt verstand er, wie sich die Jungen aus seiner Mannschaft fühlten, die vor jedem Punktspiel zittern mussten, wenn der Trainer die Jungs nannte, die spielen durften.

Da war der dicke Mark, Jens, der überhaupt kein Ballgefühl hatte, Alex, ein echtes Weichei, der immer gleich heulte, wenn es beim Spiel etwas grob zuging, und Stefan, der einfach nicht schnell genug rennen konnte.

Tom sah diese Kinder der Reihe nach an. Alex versuchte zwar noch, den Blick rechtzeitig abzuwenden, aber Tom sah trotzdem, dass er ein wenig lächelte, so als wollte er sagen: „Geschieht dir recht. Jetzt weißt du, wie das ist, zu den Nieten zu gehören."

Nach dem Duschen wollte sich Tom eigentlich so schnell wie möglich vom Fußballplatz verdrücken. Aber da hatte er nicht mit seinen beiden Freunden gerechnet! Nick und Ben führten ihn regelrecht ab: Einer hakte sich rechts, einer links bei ihm unter,

und so schleppten sie ihn trotz seines Widerstandes zu der Bank, von der aus sie sonst immer das Training der ersten Mannschaft beobachteten.
„Was soll das?“, maulte Tom.
Ben erwiderte kämpferisch: „Wir können ja wohl nicht tatenlos zusehen, wie unsere Fußballmannschaft vor die Hunde geht, weil du nicht fit bist! Denk doch mal nach! Gibt es nicht irgendetwas, das wir tun können, damit du wieder das Tor triffst?“
Tom überlegte. Dann lachte er bitter. „Da gibt es genau zwei Möglichkeiten. Ihr könnt mir einen Lottoschein mit sechs Richtigen schenken. Wenn wir erst ein paar Millionen auf dem Konto haben, ist es egal, ob der Laden etwas einbringt oder nicht. Oder ihr zündet den Supermarkt an. Aber dann kommt ihr in den Knast und das Ding wird in zwei Monaten wieder aufgebaut und alles ist beim Alten. Also lasst es besser gleich bleiben!“
„Ja hast du denn gar keine Idee, wie es mit eurem Laden wieder bergauf gehen könnte?“, fragte Nick.
Tom schüttelte traurig den Kopf und meinte: „Bevor diese merkwürdige Sache mit den Löchern in den Gurken anfing, hatten wir vielleicht eine kleine Chance, aber jetzt?“
„Jetzt erzählst du uns alles über diese komische Gurkengeschichte!“, befahl Nick kurzerhand. „Vielleicht

können wir ja wenigstens dagegen irgendetwas tun!" Und Tom schilderte noch einmal ausführlich, wann die Löcher zum ersten Mal aufgetreten waren, wie sie aussahen und wie die verschiedenen Kunden reagiert hatten. Zuletzt berichtete er, wie sein Vater daran herumrätselte, wie die letzten Gurken wohl nachts im Vorratsraum bei Blatters durchlöchert worden waren.

Ben liebte rätselhafte Geschichten. Er wollte Detektiv werden und hatte viele Krimis gelesen und reichlich Filme gesehen, die mit Detektiven zu tun hatten. Sein derart geschulter Scharfsinn arbeitete auf Hochtouren ...

6. Kapitel

Wenn man denkt wie ein Detektiv …

Ben versuchte, auszusehen wie Kommissar Knifflig persönlich, als er schließlich mit zusammengekniffenen Augen fragte: „Also, ist es sicher, dass die Löcher über Nacht und in eurem Lagerraum entstanden sind?“
„Ja. Hab ich doch jetzt schon dreimal gesagt. Absolut sicher“, erwiderte Tom leicht gereizt. „Mein Vater hat sich die Gurken beim Einkauf besonders gut angesehen, nachdem vorher schon einmal so komische Löcher drin waren. Nach einer Nacht im Lagerraum hat er sie in die Verkaufsregale gepackt. Aber dabei sind sie natürlich nicht noch einmal kontrolliert worden. Und eine halbe Stunde später ist Frau Semmel schon darüber hergefallen.“
Mit erhobenem Zeigefinger wie ein gelehrter Professor verkündete Ben: „Dann ist doch alles klar!“
„Wieso?“, nuschelte Nick mit vollem Mund und bediente sich mal wieder ungeniert an Toms Gurkenscheiben. Er las bestenfalls Comics oder eine Fußballzeitung. Detektivgeschichten waren überhaupt nicht sein Fall. Ben genoss seinen Auftritt und legte los: „Toms Eltern hätten Löcher in die Gurken

stechen können, denn sie hatten Zugang zum Lagerraum. Aber sie scheiden aus, denn sie wollen ja nicht selbst ihren Laden ruinieren. Frau Semmel käme als Täterin ebenfalls infrage. Doch sie hätte die

ganze Gurkenkiste komplett umräumen müssen, um in alle Gurken Löcher zu stechen – das hätte eine ganze Weile gedauert und wäre ja wohl irgendwem aufgefallen, oder?“

Tom fuhr ungeduldig dazwischen: „Jetzt hast du uns erklärt, wer es nicht war. Aber das ist doch gar nicht so wichtig. Wir müssen wissen, wer es getan hat!“

Ben ließ sich jedoch nicht beirren: „Jemand hat es im Lagerraum während der Nacht getan. Was müssen wir also machen, um herauszufinden, wer der Gurkenstecher ist?“

„Vielleicht Nachtwache im Lagerraum halten, wenn wieder neue Gurken da liegen?“, ließ sich Nick vernehmen.

„Ja, genau. Du hast es erraten!“, rief Ben.

„Aber wer soll denn so irre sein, in unseren Lagerraum einzubrechen, um unsere Gurken zu durchlöchern?“ Tom hatte erhebliche Zweifel an Bens Theorie.

Nick fand langsam Spaß am Detektivspielen. Er vermutete: „Vielleicht ein Angestellter vom Supermarkt, der euren kleinen Laden ganz schnell fertigmachen will?“

Ben schüttelte den Kopf. „Ziemlich unwahrscheinlich. Warum sollte sich so jemand die Mühe machen, alle Gurken einzeln anzustechen? Da würde

eher einer kommen und im Laden ein paar Kakerlaken aus der Manteltasche schütteln."
„Was sind Kakerlaken?", wollte Nick wissen.
„Eklige Viecher. Vorratsschädlinge. Sehen so ähnlich aus wie große Käfer, vermehren sich wie der Teufel und fressen alles an. Wenn die in Restaurants oder Geschäften auftauchen, macht dir das Ordnungsamt den Laden dicht. Das habe ich mal gelesen", erklärte Ben stolz.
Nick schüttelte sich und legte seine angebissene Gurkenscheibe unauffällig weg.
Tom war mit seinen Gedanken schon ganz woanders. „Nachtwache. Nachtwache im Lagerraum halten. Das müsste hinhauen ... Dann kriegen wir raus, wer's war."
Die drei Jungen beratschlagten, wie sie es anstellen könnten, den Lagerraum zu überwachen. Schließlich stand ihr Plan: Am Donnerstag war Feiertag und am Freitag hatten sie alle schulfrei. Weil Tom ein Einzelkind war, hatte er ein ziemlich großes Kinderzimmer und seine Eltern freuten sich eigentlich immer, wenn er einen Freund zum Übernachten einlud! Bestimmt hatten sie auch diesmal nichts dagegen, wenn Ben und Nick am Mittwoch bei Tom übernachten würden.

„Jetzt gibt es nur noch ein Problem“, sagte Tom zum Abschluss. „Es muss mir einfach gelingen, eine noch nicht durchlöcherte Gurke als Köder auszulegen, denn offensichtlich werden in jede Gurke immer nur genau zwei Löcher gestochen!“

7. Kapitel

Wenn man sich auf die Lauer legt …

Herrn und Frau Blatter war natürlich auch aufgefallen, dass ihr Sohn traurig und niedergeschlagen war. Und sie konnten sich lebhaft ausmalen, was es für ihn bedeutete, bei einem Punktspiel seiner geliebten Fußballmannschaft auf der Ersatzbank zu sitzen. Deshalb waren sie sofort einverstanden, dass Tom gleich zwei Freunde zum Übernachten einlud. Sie hofften, das würde ihn wieder auf andere Gedanken bringen.

Bis es so weit war, ereigneten sich im Laden keine Zwischenfälle mehr. Dennoch kamen Tag für Tag weniger Kunden. Gurken waren nicht mehr im Angebot, weshalb manche Kunden spitze Bemerkungen machten. Anscheinend hatte es sich herumgesprochen, dass es bei Blatters ein Problem mit den Schlangengurken gab.
Mit Müh und Not war es Tom gelungen, heimlich eine unversehrte Gurke für sein nächtliches Experiment zu besorgen! Er hielt sie in der Küche in der hintersten Ecke der Gemüseschublade im Kühlschrank versteckt.

Am Mittwochabend vor dem Feiertag machten es sich Tom, Ben und Nick im Kinderzimmer auf Luftmatratzen und in Schlafsäcken bequem. Frau Blatter wunderte sich, wie bald es still wurde bei den Jungen. Aber die hatten ja vorher Fußballtraining gehabt. Vielleicht waren sie wirklich müde.
Die drei Freunde waren natürlich deshalb mucksmäuschenstill, damit Toms Eltern ebenfalls früh schlafen gingen.
Wenn die Eltern geahnt hätten, wie sich Tom, Ben und Nick bemühten, nur ganz leise zu flüstern! Und wenn sie geahnt hätten, wie viel Leben ins Kinderzimmer kam, sobald Tom nach einem vorsichtigen Blick in den Flur gemeldet hatte: „Bei meinen Eltern im Schlafzimmer ist das Licht ausgegangen."

Die Jungen mussten sich unheimlich anstrengen, um nicht ständig zu kichern. Im Dunkeln war nämlich alles viel komischer als bei Licht: Ben bekam die Füße nicht recht aus seinem verknödelten Schlafsack frei und knallte der Länge nach auf den Fußboden. Schon war ein gedämpfter Lachanfall bei Tom und Nick fällig. Ben wiederum hatte gut kichern, als Nick mit dem kleinen Zeh an Toms Schreibtischbein hängenblieb und leise jammernd auf einem Bein durchs Zimmer hüpfte.

Tom, der sich natürlich im Dunkeln in seinem Zimmer am besten zurechtfand, schaffte es irgendwie, seine Freunde zu beruhigen und sie unbemerkt aus dem Kinderzimmer in Richtung Lagerraum zu lotsen.
Das Lager befand sich zwischen den Verkaufsräumen des Obst- und Gemüseladens und den Wohnräumen der Familie Blatter. Es war sowohl zum Laden als auch zur Wohnung hin abgeschlossen. Aber der Schlüssel hing gleich neben der Zugangstür, sodass es für die Detektive nicht weiter schwer war, sich Zutritt zu verschaffen.
Sie hielten den Atem an, als sie die Tür öffneten und diese dabei laut knarrte. Zumindest kam es den Jungen sehr laut vor. Aber offensichtlich hatten

Toms Eltern einen festen Schlaf, denn aus ihrem Schlafzimmer drang kein Laut.
„Gut, dass ich mein Sweatshirt übergezogen habe“, wisperte Nick. Er war müde und fand es in dem Lagerraum ziemlich kalt.
„Die Gurken!“, kommandierte Ben. Tom reichte ihm die prachtvolle Gurke, die er vor der Aktion aus dem Versteck geholt hatte. Sie stammte von Bauer Hügens. Nick hatte zu Hause – sicherheitshalber – noch zwei Gurken gemopst. Die waren aus dem Supermarkt.
In der Mitte des Lagerraumes, genau dort, wo ein breites Lichtband von einer Straßenlaterne durch das Fenster auf den Boden fiel, drehte Ben eine Gemüsekiste um und legte die drei Gurken darauf.

Dann zogen sich die Freunde in eine Ecke des Raumes zurück, die Tom bereits nachmittags heimlich für ihre Pläne vorbereitet hatte: Leere Kisten waren dort so aufgestapelt, dass sie gerade eben den Blick auf die Ködergurken freiließen; dahinter befand sich eine Art Nest, in dem drei Wolldecken bereitlagen. Sogar eine Sprudelflasche und ein paar Schokoriegel hatte Tom dorthin geschafft.

„Es ist zum Heulen!“, jammerte Nick, als er sich endlich fest in seine Decke gehüllt hatte. „Sonst kann ich nie schlafen, wenn ich mal bei einem Freund übernachte. Letztens hat die Mutter von Marco sogar damit gedroht, mich nach Hause zu schicken, als wir um zwei Uhr nachts immer noch gequatscht haben. Aber heute, wo ich wach bleiben muss, bin ich so müde wie ein Stein!“
Ben und Tom wollten um nichts in der Welt zugeben, dass es ihnen genauso erging, aber auch ihnen wurden ganz schnell die Augenlider schwer.
Es dauerte keine zehn Minuten und die drei großen Detektive waren fest eingeschlafen. Und wenn Nick nicht so fürchterlich geschnarcht hätte, dann hätten sie den Gurkenbeißer wohl nie entdeckt!

8. Kapitel

Die Falle schnappt zu …

Tom träumte, ein Bär sei hinter ihm her. Dieser Bär war direkt hinter ihm, doch er konnte einfach nicht fortlaufen. Immer näher kam das Untier mit seinen gefährlichen Zähnen. Tom konnte ihn schon fauchen und schnaufen hören! Vor Schreck fuhr er zusammen und rutschte von dem halbvollen Kartoffelsack, auf den er seinen Kopf gelegt hatte. Unsanft stieß er sich dabei das Kinn am harten Boden. Ein paar Sekunden lang blinzelte er verwirrt. Es dauerte ein wenig, bis ihm klarwurde, wo er sich befand und weshalb er nicht in seinem Bett war. Der Bär war übrigens Nick, der wirklich schauderhaft schnarchte.

Tom lächelte. Seine beiden Freunde schliefen tief und fest. Er beschloss, sie schlafen zu lassen, denn er fühlte sich nach seinem Nickerchen recht ausgeruht. Aber bestimmt würde er auch wieder müde werden. Dann, so beschloss Tom, würde er die anderen wecken. Angestrengt blickte er auf den hellen Fleck, wo sich im Licht der Straßenlaterne die drei Gurken schemenhaft abzeichneten, die als Köder ausgelegt waren. Mit einem Mal fiel Tom auf, dass keiner von ihnen darüber nachgedacht hatte, was sie denn tun würden, wenn tatsächlich jemand auftauchen und sich an den Gurken vergreifen sollte. Detektiv spielen war in echt eben viel schwieriger als in Büchern oder Filmen!

Tom starrte und starrte. Draußen hörte er gelegentlich ein Auto vorbeifahren. Dann war der Glockenschlag der Franziskuskirche zu vernehmen. Es war erst halb eins. Tom spürte, wie er schon wieder schläfrig wurde. Da – war da was?

Ein scharrendes Geräusch ließ sich vernehmen – und merkwürdigerweise schien es von der Decke zu kommen. Vorsichtig weckte Tom seine beiden Freunde und legte den Finger auf die Lippen, damit sie leise waren. Da! Es scharrte wieder. Das klang wie ein Fingernagel, der über Holz kratzte.
Tom, Nick und Ben starrten gebannt in die Richtung, aus der das Scharren gekommen war. Ohne ein weiteres Geräusch löste sich plötzlich ein kleiner Schatten von einem Balken an der Decke und flatterte durch den Raum.
„Och, das ist ja nur eine Fledermaus!“, murmelte Nick enttäuscht und wollte schon aus seiner

Deckung hervorkommen. Aber Tom zog ihn an seinem Ärmel wieder zurück. Der Flatterschatten hatte Kurs auf die Kiste mit den Gurken genommen. Leise zwitschernde Laute waren zu hören. Sie klangen heiter und durchaus erfreut. Das kleine Etwas landete auf der Kiste. Gespannt sahen die Freunde zu, wie sich dieses fledermausartige Wesen über die drei Gurken beugte. Es schnüffelte hörbar. Dann konnten die drei deutlich sehen, wie das Tier herzhaft in eine Gurke biss. Es ertönten schmatzende Geräusche, so als würde jemand mit einem Strohhalm ganz fürchterlich schlürfen. Und schließlich biss das Wesen in die zweite Gurke, aber die schien nicht wie erwartet zu schmecken. Der Schatten hustete und nieste, schnatterte und keckerte böse vor sich hin.
In diesem Moment schlich Tom zum Lichtschalter und knipste die Deckenbeleuchtung an. Auf der Gurkenkiste hockte tatsächlich so eine Art Fledermaus und blinzelte geblendet. Sie war von der Nasenspitze bis zum hinteren Ende höchstens zehn Zentimeter lang und hatte ein paar lustige Ohren, die wie Tüten am Kopf saßen. Das Allertollste aber war ihr giftgrüner Bauch!

HÜGEN

9. Kapitel

Wenn man keinen Käfig hat …

„Ist die süß!“, sagte Tom und sah sich die Fledermaus vorsichtig genau an.
Ben – ganz Detektiv bei der Arbeit – war an völlig anderen Dingen interessiert. Er ging zu der Kiste und sah sich die Köder an. In der Gurke von Bauer Hügens waren nahe dem Gurkenstiel zwei Löcher, wie mit einem Bleistift hineingestochen. Von den Gurken aus dem Supermarkt, die Nick besorgt hatte, war eine ein klein wenig angeritzt, die andere unversehrt.
„Damit steht fest, wer die Löcher in die Gurken gemacht hat!“, verkündete Ben triumphierend. „Dieses Flederdings war's!“

Tom liebte Tiere. Er nahm es seinen Eltern wirklich übel, dass sie ihm nicht erlaubten, ein Haustier zu halten. Sie waren leider der Meinung, das mache einen schlechten Eindruck, wenn man Lebensmittel verkauft. Ohne Bedenken ging Tom auf die Fledermaus zu und streichelte sie behutsam mit einem Finger. Die blieb tatsächlich still sitzen! Ganz weich fühlte sich die zarte Flügelhaut an. Während Nick

noch warnte: „Pass bloß auf, vielleicht beißt es!“, geschah etwas Unerwartetes. Das kleine Tier spürte die Wärme von Toms Finger, zwitscherte erfreut und robbte mit seinen Flügelarmen auf Toms Hand zu. Tom riss die Augen auf: Ehe er wusste, wie ihm geschah, hatte es sich das Fledertier in seiner Hand bequem gemacht: Mit den Füßen hängte es sich fest an den Zeigefinger. Der kleine Körper baumelte herunter und schmiegte sich in Toms Handfläche, um sich zu wärmen. Die Flügel klappten zu wie ein Regenschirm und hüllten das Tier völlig ein.
Nick staunte. Tiere waren ihm irgendwie unheimlich. Fast alle hatten Zähne oder einen Stachel und man konnte ja nie so genau wissen, ob sie die benutzen würden. Dieses grünbäuchige Wesen schien überhaupt keine Angst vor Menschen zu haben. Sehr ungewöhnlich!

Ben fragte: „Wecken wir deine Eltern sofort oder warten wir bis morgen früh?“
Tom überlegte angestrengt. Die Tatsache, dass dieses merkwürdige Tier seine Hand als Schlafplatz ausgewählt hatte, lenkte ihn mächtig beim Nachdenken ab. Aber schließlich kam er zu einem Entschluss. „Wir warten bis morgen früh. Ich habe keine Lust, sie mitten in der Nacht aus dem Schlaf zu reißen

HÜGENS

und zu erklären, warum wir noch wach sind. Am besten, wir führen ihnen unseren kleinen Gurkenbeißer morgen früh vor."
Ben und Nick waren einverstanden. So ganz wohl war ihnen bei dem Gedanken sowieso nicht gewesen, Toms Eltern zu wecken. Müde, aber sehr zufrieden trotteten die Jungen so leise wie möglich zurück in Toms Zimmer. Dort angekommen, hob Tom etwas ratlos die Hand mit dem Fledertier: „Und was mache ich jetzt mit meinem Gast?"
Die Fledermaus hing friedlich an seinem Finger und schien sich nicht im Geringsten daran zu stören, dass sie hin und her getragen wurde. Sie gab ganz zarte Schnarchlaute von sich.
„Keine Ahnung, was wir damit machen sollen", meinte Ben. „Hast du nicht irgendwas, wo wir sie einsperren können? Wenn sie über Nacht verschwindet, glauben uns deine Eltern morgen früh sowieso kein Wort! Wer hat denn schon mal von grünbäuchigen Fledermäusen gehört?"
Tom dachte nach. So etwas wie einen Käfig gab es im ganzen Haus nicht. Und eigentlich wollte er ein Tier, das sich so zutraulich in seine Hand kuschelte, nicht einfach einsperren.
„Ich hab's!", sagte er plötzlich so laut, dass ihn die beiden anderen Jungen erschrocken anzischten. „Ich

hänge an dem Lampenkabel über meinem Bett einen Strumpf von mir auf. Das ist schön warm, die Fledermaus passt rein wie die Hand in den Handschuh und ich lege mich nicht beim Schlafen aus Versehen drauf!"

Ben und Nick gefiel der Vorschlag. Gemeinsam wählten sie unter Toms Strümpfen eine sehr kuschelig wirkende Frotteesocke aus und Tom streifte sie der Fledermaus behutsam über. Diese schnüffelte nur ein paarmal im Schlaf und schien mit ihrer neuen Umgebung einverstanden zu sein. Immer noch sehr vorsichtig löste Tom dann die Krallen, die sich an seinen Zeigefinger geklammert hatten, und ließ sie um das Lampenkabel wieder zuschnappen.

Am Ende bot sich ein wirklich witziges Bild: Da hing eine von Toms Socken am Kabel und schien dort mit zwei sehr merkwürdig aussehenden Wäscheklammern befestigt zu sein.

10. Kapitel

Wenn Herr Blatter seine Brille holt …

„Himmel, ist das ein Mief hier drin! Warum habt ihr nicht das Fenster aufgemacht?", rief Toms Mutter, als sie am nächsten Morgen gegen zehn Uhr das Zimmer der Jungen betrat. Die hatten allesamt sehr lange geschlafen nach den aufregenden Ereignissen in der Nacht.
„Am besten", fuhr Toms Mutter fort, „machen wir das Fenster mal ganz weit auf, um zu lüften."
Die Worte „Fenster auf" ließen Tom hochschrecken. Mit einem Satz sprang er auf und drückte das Fenster sofort wieder zu, das seine Mutter bereits einen Spalt weit geöffnet hatte.
„Lass das bloß zu, Mama!", rief er. „Das haben wir absichtlich nicht aufgemacht, sonst fliegt sie am Ende noch weg."
Verwundert zog Frau Blatter die Augenbrauen hoch: „Wer fliegt hier wohin?"
Aus Bens Schlafsack ließ sich vernehmen: „Der Gurkenstecher! Wir haben den Täter auf frischer Tat ertappt!"
Frau Blatter gab ein verständnisloses „Hä?" von sich und sah ihren Sohn fragend an.

Tom wies mit seinem Finger auf die Socke, die vom Lampenkabel baumelte. Die ungewöhnlichen „Wäscheklammern" waren nicht zu übersehen. Im Zimmer war es so still geworden, dass man sogar die leisen Schnarchtöne aus der Socke wieder hören konnte.
Frau Blatter machte große Augen! Mit einer Stimme, die höchste Alarmstufe signalisierte, rief sie auf den Flur hinaus: „Heieinz! Komm doch mal ins Kinderzimmer!"

Herr Blatter erschien sofort. Diesen Tonfall bekam er nicht allzu oft zu hören. Eigentlich war seine Frau die Ruhe selbst. Er kam geradewegs aus dem Badezimmer. Sein Gesicht war noch zu zwei Dritteln voll Schaum und in der rechten Hand hielt er sein Rasiermesser.
Voller Stolz verkündete Tom: „Wir haben uns letzte Nacht auf die Lauer gelegt. Und wir wissen jetzt, wer die Löcher in die Gurken gemacht hat!"
Drei ausgestreckte Zeigefinger von drei Jungen zeigten gleichzeitig auf die Socke, die am Lampenkabel hing.
Ungeduldig wedelte Herr Blatter mit dem Rasiermesser durch die Luft, sodass der Schaum, der noch daran hing, in alle Richtungen spritzte.

„Schnickschnack, Jungs! Motten aus irgendwelchen Strümpfen machen keine Löcher in Gurken!"
Beleidigt ließ sich Frau Blatter vernehmen: „In unserem Haus gibt es keine Motten! Und Motten habe ich noch nie schnarchen hören. Wie wäre es, wenn du dir mal deine Brille holen würdest?"
Herr Blatter verschwand. Kurz darauf kehrte er zurück, ohne Schaum im Gesicht und mit Brille. Misstrauisch beäugte er die Socke, hörte aus der Nähe das Atemgeräusch und sah, dass sich kleine Krallen am Kabel festklammerten.

„Was zum Teufel ist das?", knurrte er schließlich.
„Das ist eine Art Fledermaus!", beeilte sich Tom zu erklären. „Wir haben uns gestern Nacht in

unserem Lager auf die Lauer gelegt, mit drei Gurken als Köder. Irgendwann flatterte dann von der Decke so ein komisches Tier. Wir haben genau gesehen, wie es die Löcher in die Gurken gemacht hat."

„Falsch", unterbrach ihn Ben, der seine Rolle als Detektiv noch immer sehr ernst nahm. „Wir haben gesehen, wie es Löcher in *deine* Gurke gebissen hat. Die Supermarktgurken von Nick hat es probiert und ausgespuckt!"

Bei dem Wort „Supermarktgurken" sah Herr Blatter Nick mit einem geradezu mörderischen Blick an. Nick stotterte: „Ehrlich, Herr Blatter, die hat meine Mutter gekauft. Ich würde doch so etwas nie tun!"

Herr Blatter bestand darauf, dass Tom das Fledertier aus der Socke schälte. Er wollte genau wissen, wer die Attentate auf seine Gurken auf dem Gewissen hatte.

„Aber Heinz, meinst du nicht, so ein Tier könnte gefährlich sein?", gab Toms Mutter zu bedenken.

Nick, der immer noch versuchte, sich den Schlaf aus den Augen zu reiben, beruhigte sie: „Das Viech ist vollkommen harmlos. Es hat zuerst sogar versucht, in Toms Hand zu schlafen!"

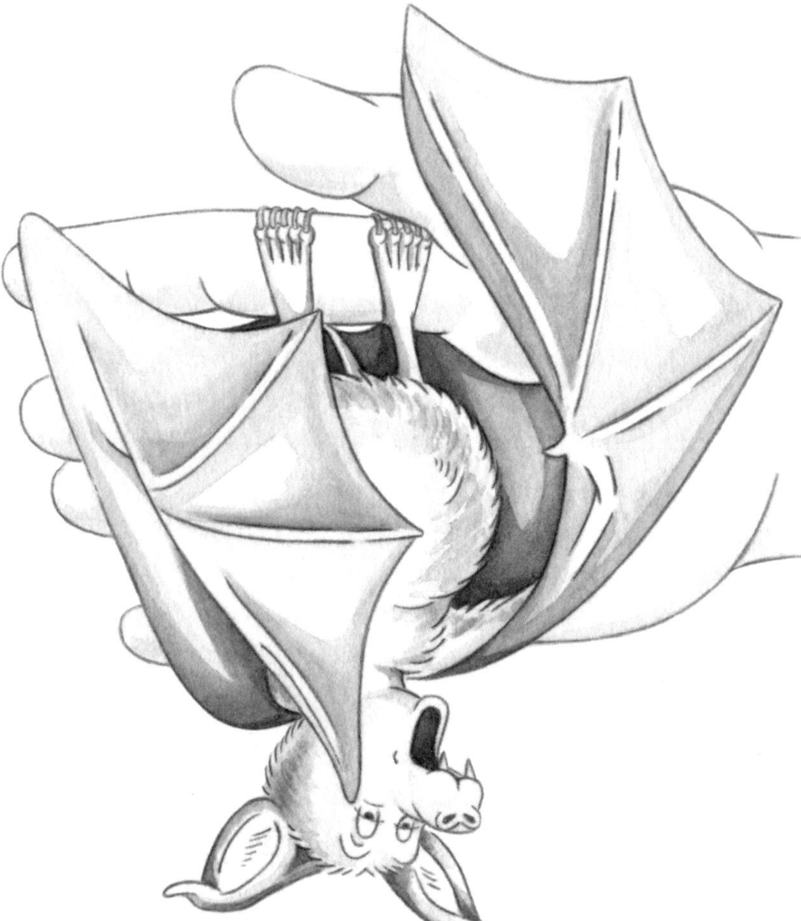

Herr Blatter hatte eigentlich einen ungeheuren Zorn auf diesen unbekannten Gurkendurchlöcherer, der ihm so viel Kopfzerbrechen bereitet hatte. Aber nachdem Tom die Socke abgestreift hatte und sich das Tier wie selbstverständlich vom Lampenkabel auf den Zeigefinger hängte, rief Frau Blatter aus: „Och, wie niedlich!“ Da musste auch Toms Vater gegen seinen Willen lächeln.

Es war ein wenig gewöhnungsbedürftig, dass ein Tier, das man betrachten wollte, ständig falsch herum hing. Das grünbäuchige Wesen reckte erst den linken, dann den rechten Flügel. Es rieb sich die braunen Knopfaugen an den Flügelarmen und gähnte mehrmals herzhaft. Dabei ließ es seine kleinen, spitzen Zähnchen sehen, deren Abdruck die Blatters aus den Gurken nur allzu gut kannten.
„Das ist ja das reinste Vampirgebiss!“, staunte Frau Blatter.
Zutraulich wie in der letzten Nacht hangelte sich das Fledertier an Toms Zeigefinger entlang. Dabei ließ es wieder neue, diesmal langgezogene Zwitschertöne hören und sah Tom flehentlich an.
Herr Blatter lachte schallend und verkündete: „Das klingt, als hätte das Tier Hunger!“

11. Kapitel

Wenn eine Fledermaus Hunger hat …

Ein paar Stunden später bot sich im Wohnzimmer der Blatters ein merkwürdiges Bild: Tom saß da und hielt die Fledermaus auf dem Zeigefinger, die mittlerweile jämmerlich fiepte. Sie ließ sich einfach nicht beruhigen und jedem im Raum war klar: Das Tierchen jammert vor Hunger.

Berge von Büchern, in denen Nick und Ben herumblätterten, stapelten sich auf dem Esstisch. Frau Blatter saß am Schreibtisch vor dem Computer und surfte seit einiger Zeit durchs Internet. Herr Blatter hatte alle möglichen Lebensmittel angeschleppt und versuchte, die offensichtlich sehr hungrige Fledermaus irgendwie zu füttern. Alles ohne Erfolg.

Ben und Nick klappten schließlich die Tierbücher und Lexika zu, die sie studiert hatten. Über Fledertiere wussten sie jetzt eine ganze Menge, aber sie hatten immer noch keine Ahnung, was das genau für ein Wesen war, das sie da letzte Nacht eingefangen hatten.

Frau Blatter war ebenfalls erfolglos bei ihrer Fahndung nach grünbäuchigen Fledermäusen im Internet. Herr Blatter hatte den halben Kühlschrank ausgeräumt, konnte jedoch nur herausfinden, was dieses merkwürdige Wesen alles *nicht* fraß – und wie weit es spucken konnte. Er sammelte ein paar matschige Apfelstücke vom Boden auf, bevor seine Frau etwas mitbekam.

Die angebissene Gurke von letzter Nacht wollte das Tierchen auch nicht. Und unversehrte Gurken gab es im ganzen Haus nicht mehr, abgesehen von der einen, noch nicht angebissenen Schlangengurke aus dem Supermarkt. Aber als Herr Blatter die dem grünbäuchigen Tierchen hinhielt, verwandelte es sich in ein fauchendes Ungetüm, das kratzte und spuckte. Obwohl Herr Blatter mit seinen Fütterungsversuchen keinen Erfolg gehabt hatte, war er mit dieser Reaktion überaus zufrieden. Er jubelte geradezu: „Dieser kleine Gurkenbeißer erkennt echte Qualität auf Anhieb!"

Dann setzte er sich – Feiertag oder nicht – in seinen Lieferwagen und fuhr zu Bauer Hügens. Der wunderte sich mächtig, dass Herr Blatter unbedingt an diesem Tag drei Kisten Gurken brauchte. Aber Gemüseanbau ist ein hartes Geschäft. Herr Hügens war froh um jede verkaufte Gurke, und Herr Blatter brachte, so schnell er konnte, die Kisten heim.

Er war noch nicht ganz mit seiner schweren Last im Haus, da flatterte die Fledermaus aufgeregt zwitschernd durch den Flur zu den Gurkenkisten, die Herr Blatter auf einer kleinen Sackkarre hereinschob.

Familie Blatter, Nick und Ben staunten nicht schlecht: Das grünbäuchige Tier stürzte sich gerade-

zu auf die Gurken. Mit großem Appetit und sichtlichem Genuss biss es in alle Gurken Löcher, die ganz oben in der Kiste lagen. Mit einem Geschick, das man den kleinen Flügelhänden gar nicht zugetraut hätte, krabbelte und schob es sich dann zu den tieferen Lagen. Es schmatzte und gurgelte aus den Tiefen der Gemüsekiste. Dann kam das Tier wieder heraus. Sein kleiner Bauch stand kugelig vor. Und alle mussten fürchterlich lachen, als sich ein winziges, aber unverkennbares Bäuerchen hören ließ!

Zielstrebig und offensichtlich ein wenig schwerfälliger als vorher, flog die Fledermaus zu Tom. Der streckte seinen Zeigefinger aus, das Tier hängte sich daran, schlug seine Flügel wieder wie eine Decke um sich und schlummerte ein. Behutsam brachte Tom es erneut in der Socke an seinen Platz am Lampenkabel. Dann fragte er seine Eltern: „Und jetzt?"
Sein Vater zählte die durchlöcherten Gurken. „Neun. Nicht übel für solch einen Zwerg! Ich schlage vor, wir rufen den Zoo an. Vielleicht wissen die, was uns ins Haus geflattert ist."
Ben, Nick, Tom und seine Mutter blieben in der Nähe, um nur ja nichts vom Telefonat zu verpassen. Es dauerte ein Weilchen, bis man Herrn Blatter mit dem Zoodirektor verband. Dem erklärte er, dass

bei ihm zu Hause ein unbekanntes Fledertier aufgetaucht sei. Aber man schien ihm im Zoo nicht zu glauben.
Schließlich sagte Herr Blatter einigermaßen entnervt: „Ich habe es mir auch nicht ausgesucht, dass heute Feiertag ist. Entweder Sie interessieren sich für eine grünbäuchige Fledermaus, die wild ist auf Gurken aus Bioanbau, oder Sie lassen es bleiben! Wo wir wohnen, habe ich Ihnen gesagt. Ich kann Ihnen nur versichern, dass mein Anruf keineswegs ein Scherz ist. Ob Sie es glauben oder nicht: Hier hängt ein leibhaftiger Gurkenvampir. Guten Tag!"
Nick starrte Herrn Blatter bewundernd an und freute sich: „*Gurkenvampir* ist ein klasse Name! Und wir haben ihn entdeckt!"
Tom war eigentlich gar nicht so wohl bei dem Gedanken, dass jemand vom Zoo kommen würde. Wenn man ihm nun seine Fledermaus wegnehmen würde? Er hatte das merkwürdige Tierchen nämlich schon in sein Herz geschlossen …

12. Kapitel

Wenn Fachleute sich zu Wort melden …

Eine gute Stunde später klingelte es – natürlich genau während Familie Blatter mit ihren Gästen beim verspäteten Mittagessen saß. Frau Blatter öffnete.
Tom durchfuhr ein kleiner Schreck, als er hörte, wie sich an der Haustür jemand vorstellte: „Guten Tag. Germer mein Name. Ich bin der Direktor des Städtischen Zoos. Ich nehme an, es war Ihr Mann, der vor kurzem bei uns angerufen hat und meinte, es gäbe hier einen *Gurkenvampir?*“
„Sicher“, erwiderte Frau Blatter, als wäre das die größte Selbstverständlichkeit der Welt. „Kommen Sie doch bitte herein. Aber seien Sie leise, der Gurkenvampir schläft gerade.“

Herr Germer war entzückt, als er schließlich einen Blick auf den Gurkenvampir werfen durfte.
Tom schälte das Tier nochmals aus seiner Schlafsocke. Es kuschelte sich wieder sorgfältig in seine Handfläche und schnarchte dann ruhig weiter. Der Zoodirektor umkreiste die Hand, an der es hing, wie ein Wolf die Beute. Leise murmelte er wie im Selbstgespräch dabei vor sich hin: „Eine bisher völlig

unbekannte Art! Eine grünbäuchige Fledermaus! Kein Insektenfresser, ein Säftesauger. Futterspezialist mit ganz bestimmten Anforderungen an seine Nahrung. Scheint aus den Tropen zu stammen, denn das Tier sucht Wärme, so wie es sich in die Hand schmiegt. Wahrscheinlich eine sehr seltene Art mit einem so kleinen Verbreitungsgebiet, dass sie bisher noch nie beobachtet wurde! Ich habe eine Sensation entdeckt!"

„Falsch! Sie haben gar nichts entdeckt! Wir haben den Gurkenvampir gefunden!", verbesserte Tom.

„Jaja!", erwiderte Herr Germer ungeduldig. „Haben Sie eigentlich eine Ahnung, woher das Tier stammen könnte?"

Herr Blatter schüttelte ratlos den Kopf.

Seine Frau erinnerte sich: „Die ersten Bissstellen in den Gurken sind aufgetaucht, nachdem der neue Supermarkt aufgemacht hat."

„Und Sie haben das Tier nicht heimlich aus dem Ausland eingeführt?", fragte der Zoodirektor streng.

„Aber nein!", erwiderte Frau Blatter. „Es hat sich unbemerkt hier eingenistet, uns mehr als eine Ladung Gurken angebissen und einige Kunden vergrault. Wir wussten bis gestern selbst nicht, wer die Löcher in die Gurken gemacht hat. Aber letzte Nacht haben sich die Jungen hier auf die Lauer gelegt. Die haben

den Gurkenvampir auf frischer Tat ertappt."
Ben reckte sich stolz und auch Nick schien ein Stück zu wachsen.

„Haben Sie denn eine Idee, woher so ein fremdartiges Tier auf einmal kommen könnte?", fragte Herr Blatter schließlich den Zoodirektor.
Der überlegte eine Weile. Dann meinte er nachdenklich: „Da es sich bei diesem Gurkenvampir, wie Sie ihn nennen, sicher um eine bisher unentdeckte Tierart handelt ..."
Hier schaltete sich Ben, der Hobbydetektiv, ein und kombinierte messerscharf: „... kann eigentlich niemand das Tier absichtlich in den Laden gebracht haben. Es muss von allein gekommen sein."
„Aber woher?" Tom war ratlos.
Der Zoodirektor hatte allerdings eine Idee: „Dieser Gurkenvampir stammt nicht aus unseren Breiten. Da bin ich ziemlich sicher. Er sucht Wärme, also wird er ein warmes Klima gewohnt sein. Und er frisst – zumindest hier – bisher ausschließlich Gurken. Oder besser gesagt, er saugt Gurkensaft. Damit käme ein Tier bei uns nicht allzu weit, denn Gurken wachsen hierzulande fast nur in Gewächshäusern. Haben Sie irgendwelche Südfrüchte in Ihrem Sortiment?" Dabei sah Direktor

Germer Herrn und Frau Blatter fragend an.
Herr Blatter schüttelte den Kopf und erklärte: „Nein. Die führe ich nicht, weil wir nur Obst und Gemüse aus Bioanbau hier aus der Gegend verkaufen."
Der Zoodirektor nickte, dann fuhr er fort: „Ich denke mir die Sache so: Manchmal kommt es vor, dass Tiere aus fernen Ländern zufällig eingeschleppt werden. Sie geraten in irgendwelche Transportkisten und kommen als blinde Passagiere nach Deutschland, per Schiff, per Flugzeug, da gibt es viele Möglichkeiten. Wer weiß? Vielleicht hat dieser Gurkenvampir unbemerkt in einer Obstkiste gesessen, die beim Supermarkt angeliefert worden ist? Dass so etwas mit großen Spinnen passiert, die in Bananenkartons geraten, haben Sie doch sicher auch schon einmal gehört, oder? Und vom Supermarkt bis hierher wurde das Tier vielleicht durch seine gute Nase geführt. Es könnte die Gurken in Ihrem Lagerraum gerochen haben."

Tom lief bei der Vorstellung, eine riesengroße Vogelspinne würde sich jetzt in seine Handfläche kuscheln, eine Gänsehaut über den Rücken.
Der Zoodirektor überlegte weiter: „Der Supermarkt hat ja alle möglichen Früchte wie Mangos, Papayas,

Ananas oder Kiwis im Sortiment. All diese Früchte brauchen Wärme. Wenn man bloß wüsste, in welcher Kiste das Tier gesessen hat, bevor es hierher geriet!"

„Dann wäre doch sicher auch schnell die Frage geklärt, was es frisst, nicht wahr?", schaltete sich Herr Blatter wieder ein.

„Über seine Fressgewohnheiten weiß ich schon ein wenig", schmunzelte der Zoodirektor. „Dieser Gurkenvampir ist ein sogenannter *Säftesauger*. Das beweist die Art der Bissspuren auf den Gurken. *Vampir* ist eigentlich genau der richtige Name für solch ein Wesen. Ihm ging es nicht um das Fruchtfleisch, sondern um den Saft in der Gurke. Dass jede Gurke nur einmal angebissen wird, scheint uns Menschen ganz merkwürdig, ist aber eigentlich leicht zu erklären. In den Tropen gibt es oft einen solchen Überfluss an Nahrung, da kann ein Tier ruhig wählerisch sein. Und wenn es eine unversehrte Frucht anbeißt, ist garantiert, dass sich das Futtern lohnt. Denn dann bekommt es viele wertvolle Nährstoffe. So kommt es, dass manche Tierarten ausschließlich ganz frische und einwandfreie Früchte fressen. In seiner Heimat hat der Gurkenvampir vielleicht nur eine einzige, ganz bestimmte Futtersorte zu sich genommen. Hier nimmt er stattdessen Gurken. Haben Sie dem Tier

denn schon einmal verschiedene Säfte angeboten?"
Herr Blatter schüttelte den Kopf.
„Nun ja", meinte der Zoodirektor abschließend. „Wie Sie das Tier füttern, braucht ja nicht mehr Ihre Sorge zu sein. Darum werden sich von jetzt an Fachleute kümmern. Ich nehme an, es ist Ihnen recht, wenn ich Ihren Gurkenvampir gleich mitnehme?"

Tom wurde blass. „Nein!", schrie er so laut, dass die Fledermaus in seiner Hand einmal erschrocken blinzelte. „Nein, der Gurkenvampir gehört mir! Den gebe ich nicht wieder her!"
Das Gesicht von Direktor Germer verfinsterte sich.

„Er gehört der Wissenschaft, mein Junge!“, sagte er von oben herab und blickte zu Toms Eltern, in der Hoffnung, dass er dort Unterstützung finden würde. Herr Blatter war ein wenig unsicher. Er schaute seine Frau an, die fast unmerklich den Kopf schüttelte.
Dann sagte er: „Wir wollten uns nur von einem Fachmann versichern lassen, dass dieses Tier nicht gefährlich ist. Sie haben uns wertvolle Tipps zur Fütterung und Haltung gegeben. Aber bitte haben Sie Verständnis dafür, dass wir den Gurkenvampir erst einmal behalten möchten.“
Herr Germer setzte all seine Überredungskünste ein, vergeblich. Tom wollte seinen Gurkenvampir um jeden Preis behalten. Frau Blatter begleitete den Zoodirektor schließlich freundlich, aber bestimmt zur Haustür. Bevor er ging, drehte er sich noch einmal um und rief Tom zu: „Aber ich muss doch diesen aufsehenerregenden Fund fotografieren und die Fachwelt informieren, dass es eine bisher völlig unbekannte Fledermausart gibt!“
„Gewiss. Ein anderes Mal“, versuchte Frau Blatter ihn abzuwimmeln.
Die letzten Worte des Zoodirektors waren: „Bitte geben Sie ihm keinen Fruchtsaft, der vorher im Kühlschrank gestanden hat. Dann bekommt er bestimmt Durchfall!“

13. Kapitel

Wenn man einen Geistesblitz hat …

„Puh, den wären wir los!“, seufzte Ben erleichtert, als sich die Tür hinter dem Zoodirektor schloss.
„Wetten, der kommt wieder?“, meinte Nick düster.
Tom zog seine Frotteesocke wieder vorsichtig über den Gurkenvampir. Entschlossen sagte er: „Meinen Vampir bekommt er nicht! Der gehört mir und nicht irgendwelchen Forschern! Ich habe mir doch schon immer ein Tier gewünscht.“
Ein tiefer Seufzer kam von Herrn Blatter. Er schien nicht gern zu sagen, was er schließlich sagte: „Tom, du weißt ganz genau, warum du bisher kein Tier halten durftest. Egal wie sorgfältig man mit ihnen umgeht, Haustiere sind immer ein wenig unhygienisch. Kein Mensch kann sich so oft die Hände waschen, wie es eigentlich nötig wäre. Es darf doch nichts, das Kontakt mit dem Tier hatte, später mit Lebensmitteln in Berührung kommen. Ein Haustier ist einfach schlecht, wenn man einen Lebensmittelladen führt. Wenn wir ein Haustier hätten, könnte das die Kunden davon abhalten, bei uns zu kaufen. Und wenn man nun einmal – wie wir – von solch einem Laden lebt, dann muss man eben Rücksicht

auf manche Dinge nehmen. Gerade jetzt, wo der Laden nicht gut läuft. Das verstehst du doch, oder?"
Tom bekam einen Kloß im Hals. Das hieß, er würde den Gurkenvampir abgeben müssen. Bald.
Mit einem erstickten Schluchzer lief Tom in sein Zimmer. Verlegen folgten ihm seine Freunde. Wo waren sie da nur hineingeraten? Eigentlich wollten sie alle nur ein bisschen Detektiv spielen. Aber jetzt?

Jetzt saßen sie mit Tom in dessen Zimmer. Tom heulte. Den Gurkenvampir hatte er wieder an das Lampenkabel gehängt.
„Vielleicht überlegt es sich dein Vater ja noch einmal", versuchte Nick Tom zu trösten.
Aber Tom schüttelte so heftig den Kopf, dass die Tränen in alle Richtungen flogen: „Nie … das mit den Haustieren … meint er todernst. Und … er hat ja auch irgendwie ... Recht damit, oder? Sie könnten ja … dem Laden wirklich schaden. Und … gerade jetzt können wir ... uns das nicht leisten."
Ben schloss die Augen, wie immer, wenn er angestrengt nachdachte. Ein paar Gedanken fuhren in seinem Kopf Karussell – er wusste, da war ein richtig guter Einfall dabei. Er musste ihn nur zu packen bekommen.
Dann war ihm mit einem Schlag klar, was zu tun

war. Er lachte laut auf. Das würde ein Spaß werden! Nick fuhr ihn an: „Findest du es etwa komisch, dass unser Torjäger jetzt noch geknickter ist als vor dieser ganzen Gurkenbeißerjagd?"

„Nein", beeilte sich Ben zu versichern. „Aber ich habe die Lösung für all unsere Probleme!"

Toms Schluchzen verebbte. „Da bin ... ich aber gespannt", sagte er mit einem letzten Schlucken.

„War dein Vater nicht ganz begeistert davon, dass der Gurkenvampir eine echte Qualitätsgurke im Gegensatz zu so einem Mickerding vom Supermarkt zu schätzen weiß?", fragte Ben listig.

Tom nickte. Ihm war nicht klar, worauf Ben hinauswollte.

„Und ist der Gurkenvampir nicht einfach süß?"

Diesmal stimmte Nick heftig zu, der sonst gegenüber Tieren eher zurückhaltend war. Aber diese grünbäuchige Fledermaus mit ihrem Geschnarche, Gezwitscher und sogar kleinen Bäuerchen fand er wirklich niedlich!

Ben fuhr fort: „Habt ihr letzte Woche gesehen, dass ein Bericht von unserem Zoo sogar im Fernsehen gelaufen ist? Direktor Germer hat darin ganz stolz über seine Nachzucht bei den Ameisenbären berichtet."

Nick und Tom hatten den Bericht gesehen. Aber auch das half ihnen nicht auf die Sprünge.

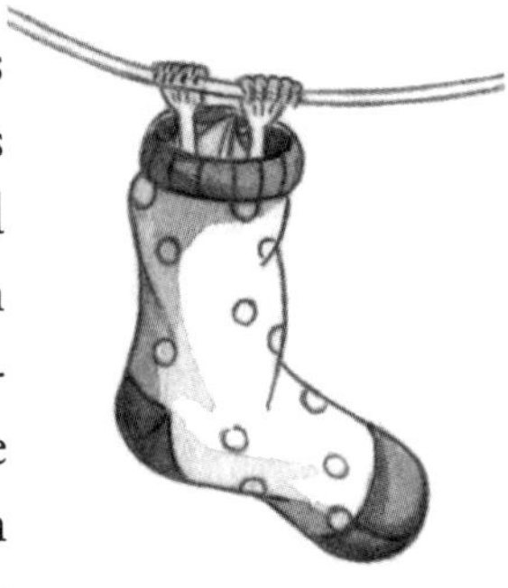

Ben verzweifelte. „Ja, kapiert ihr es denn nicht? Der Gurkenvampir muss ins Fernsehen! Direktor Germer wird nichts lieber tun, als direkt neben einer neu entdeckten Art vor laufender Kamera ein paar schlaue Worte zu sagen. Und das Ganze wird im Obst- und Gemüseladen der Familie Blatter stattfinden, wo ein leibhaftiger, niedlicher, süßer Gurkenvampir als Tester für gute Gurken arbeitet! Und das Beste: Wenn der Gurkenvampir als Qualitätstester *arbeitet,* dann ist er kein einfaches Haustier, sondern eindeutig ein Nutztier. Und gegen die Haltung von Nutztieren kann doch niemand etwas haben, oder?"

Nick grinste breit: „Den Supermarkt machen wir fertig, wenn unser Vampir anfängt, seine Gurken durch die Gegend zu spucken!"

Auch Toms Miene hatte sich aufgehellt. Was Ben sich da zusammengereimt hatte, klang gar nicht so schlecht. Tom wischte sich die Tränen vom Gesicht. Vielleicht wurde aus der Gurkenkatastrophe ja ein Gurkenglücksfall?

Der Gurkenvampir war tatsächlich niedlich. Das hatte selbst sein Vater zugegeben. Und wenn die Kunden davon überzeugt werden konnten, dass der Gurkenvampir höchste Qualität garantierte, dann konnte Toms Vater gar nicht anders: Er würde den Gurkenvampir nicht nur in der Familie dulden – er würde ihn sogar willkommen heißen!

14. Kapitel

Wenn das Fernsehen kommt ...

In den nächsten Tagen kam Tom nicht zur Ruhe. Seine Mutter ließ sich leicht für den Plan der Jungen begeistern. Bei Toms Vater war das schwieriger. Als er jedoch eines Abends einen Artikel in einer Fachzeitschrift las, änderte er schlagartig seine Meinung! In dem Aufsatz war von sogenannten Bioindikatoren die Rede. Die Belastung der Umwelt kann man nämlich nicht nur mit Apparaten messen. Viel besser geht das noch durch Pflanzen oder Tiere, die auf Umweltveränderungen oft empfindlicher reagieren als technische Geräte. Und in dem Artikel hieß es, dass Menschen dem Urteil solcher Pflanzen und Tiere, solcher Bioindikatoren eben, viel mehr vertrauen als einem langem Laborbericht.
Tom wusste gar nicht, was er davon halten sollte, als sein Vater die Zeitschrift auf den Tisch knallte und verkündete: „Der Gurkenvampir bleibt. Den stelle ich als Bioindikator ein! Künftig darf der Vampir in alle Gurken beißen, die Kunden testen lassen wollen. Wenn dieser Zeitschriftenartikel Recht hat, dann müsste das eine mächtig gute Werbung für unseren Laden darstellen!“

Tom hatte überhaupt keine Ahnung, was ein Bioindikator war – er freute sich nur unglaublich, dass sein kleiner Freund bleiben durfte, und hüpfte durch die ganze Wohnung!
Er freute sich noch mehr, als er am nächsten Tag von der Schule kam. Sein Papa saß am Küchentisch und hatte zwölf Schlangengurken vor sich liegen. Die waren allesamt durch kleine Aufkleber mit Nummern gekennzeichnet. Der Gurkenvampir hing an Vater Blatters Zeigefinger und war hellwach. Toms Vater hielt dem Vampir eine Gurke vor die Nase. Dabei murmelte er leise „Testobjekt Nummer 7, Hersteller Gemüsehof Schiffer", und machte sich sogar Notizen. Gebannt beobachtete der Obsthändler, wie die Fledermaus an der Gurke schnüffelte. Aber sie biss nicht zu, sondern keckerte nur ungeduldig. Und dann ließ sie sich von der Hand gleiten, segelte zu den nummerierten Schlangengurken und landete punktgenau auf Nummer 11!
„Bingo!", jubelte Toms Vater. „Du bist ein Genie, kleiner Freund! Das ist die einzige Biogurke, die ich auf dem Großmarkt heute Morgen bekommen habe!"
Ganz leise und sehr glücklich zog sich Tom zurück. Jetzt war ihm klar, was ein Bioindikator war. Sein Vater testete den Gurkenvampir offensichtlich gera-

de und war mit dem Ergebnis rundum zufrieden. Da wollte er lieber nicht stören.

Eine Stunde später telefonierte Herr Blatter mit Direktor Germer, der seit Tagen darauf drängte, den Gurkenvampir endlich der Öffentlichkeit vorzustellen. Von der Idee, ihn im Regionalfernsehen zu präsentieren, war er direkt begeistert.
Herr Blatter nannte seine Bedingungen: „Die Aufnahmen dürfen nur in unserem Laden gemacht werden. Es muss auf die gute Qualität unserer Ware hingewiesen werden und darauf, dass der Gurkenvampir die nachweislich erkennt."
Er sah zu Tom und lächelte.
„Und der Gurkenvampir darf uns nicht für die Forschung weggenommen werden!", fügte er hinzu.
Tom jubelte. Endlich hatte er ein Haustier!
Er flitzte zum Gurkenvampir, der zur Abwechslung an einer Gardinenstange hing, und streichelte ihm über den grünen Bauch. Das kleine Tierchen blickte ihn an und gab zufriedene Glucksgeräusche von sich, so als wüsste er, was eben passiert war.

Ein paar Tage später kam ein Redakteur des regionalen Fernsehsenders und besprach mit Blatters die Einzelheiten. Der Laden wurde begutachtet. Bei

15 cm

dem Kameramann, der mitgekommen war, löste der Gurkenvampir helle Begeisterung aus. Jeder, der den Vampir sah, verkündete früher oder später: „Ist der aber niedlich!"

Zoodirektor Germer kam mit Fachleuten, um den Gurkenvampir zu untersuchen. Tom wachte dabei genau über sein Tier, aber die Zoologen verstanden ihr Geschäft: Mit viel Geduld und Einfühlungsvermögen gingen sie mit der grünbäuchigen Fledermaus um. Direktor Germer sagte nach der Untersuchung: „Tom, dein Gurkenvampir scheint kein Einzelgänger zu sein."

„Was meinen Sie damit?", wollte Tom wissen.

„Merkst du denn nicht, dass dieses Fledertier immer wieder deine Nähe sucht?", fragte Herr Germer. „Ich nehme an, Gurkenvampire leben in ihrer natürlichen Umgebung im Schwarm. Das tun sehr viele Fledermausarten. Vielleicht sieht dein ungewöhnliches Haustier in dir seinen neuen Schwarm, jetzt, wo keine anderen Tiere seiner Art mehr zur Verfügung stehen."

Tom schüttelte ungläubig den Kopf: „Das glaube ich nicht. Wir sind einfach Freunde!", wandte er ein.

Direktor Germer lachte: „So kann man es natürlich auch nennen. Aber hast du nicht beobachtet, dass diese Fledermaus jedes Mal auf eine besondere Art den Kopf an dir reibt, bevor sie sich an deinen Finger zur Ruhe hängt? Dann rubbelt sie Duftstoffe auf deine Haut, um zu zeigen, dass sie zu dir gehört. Du kannst es gern *Freundschaft* nennen – für uns Wissenschaftler ist es ein Verhalten, das die Gruppenzugehörigkeit zum Ausdruck bringt!"

Die Wissenschaftler testeten auch einige Säfte und Obstsorten als mögliches Futter. Doch das endete damit, dass der Gurkenvampir mit den Flügeln schlug, fauchte und alles in hohem Bogen ausspuckte. Leider bekamen die Fachleute einiges davon ab, aber das kleine Fledertier sah so putzig aus, dass alle lachen mussten.
Zum Schluss wurde der Gurkenvampir von allen Seiten fotografiert. Er ließ es ziemlich gelassen über sich ergehen. Tom ließ ihn auch vor den Augen der Wissenschaftler fliegen. Und nur auf *seiner* Hand landete die Fledermaus!

Die wissenschaftlichen Untersuchungen fand Tom sehr interessant. Ob er auch einmal Biologie studieren und Wissenschaftler werden würde? Vielleicht könnte er dann das Rätsel lösen, woher der Gurkenvampir gekommen war …

Beim Fußballtraining ging es mit Toms Form steil bergauf. Wie früher konnte er freche Alleingänge hinlegen und Pässe schlagen wie kein anderer im ganzen Team!
Nachdem die Wissenschaftler vorerst ihre Untersuchungen an der Fledermaus abgeschlossen hatten, berichtete Tom seinen Freunden Ben und Nick schließlich nach dem Training auf ihrer Bank am Spielfeldrand: „Morgen werden die Filmaufnahmen in unserem Geschäft gemacht! Der Laden bleibt deshalb geschlossen. Ich bekomme sogar schulfrei dafür! Und ihr beiden sollt auch ins Fernsehen, weil ihr geholfen habt, den Vampir zu entdecken. Der Fernsehredakteur müsste eure Eltern schon angerufen haben und sagt auch in der Schule Bescheid.“
Im Schaufenster des Obst- und Gemüseladens hing ein Plakat:

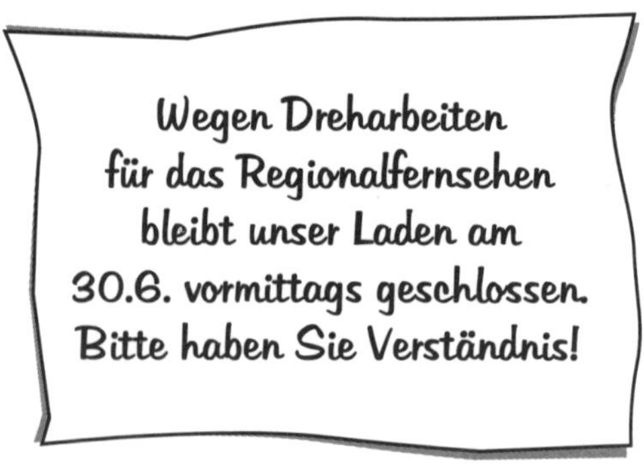

Aber das hielt eine Menge neugieriger Gaffer nicht davon ab, schon morgens um neun Uhr vor dem Geschäft zu stehen. Frau Semmel befand sich dabei natürlich in der ersten Reihe!
Die Neugierigen wurden nicht enttäuscht. Zwei Kleinbusse fuhren vor, auf denen der Name des Fernsehsenders stand. Sehr zum Ärger von Frau Semmel durften Ben und Nick den Laden betreten, vor dem sich mittlerweile eine kleine Menschenmenge gebildet hatte.

„Ich lasse mich doch nicht mit Puder schminken!", konnte man draußen Toms empörte Stimme vernehmen, als sich die Ladentür kurz öffnete, um Ben und Nick reinzulassen.
Die Augenpaare über den Nasen, die sich an der Scheibe plattdrückten, bekamen allerdings nicht viel zu sehen. Scheinwerfer blitzten auf. Die Eheleute Blatter waren zu sehen. Der Kittel von Herrn Blatter wirkte noch weißer als sonst, wenn das überhaupt möglich war! Man sah den Zoodirektor. Aber das geheimnisvolle Tier, von dem sogar schon etwas in der Zeitung gestanden hatte, bekam keiner der Neugierigen zu sehen.

15. Kapitel

Wenn alles gut ausgeht …

Am Tag nach den Dreharbeiten gab es im Laden eine Menge zu tun. Herr und Frau Blatter mussten viele Fragen beantworten. Schließlich hängten sie erneut ein großes Schild ins Schaufenster, auf dem zu lesen war:

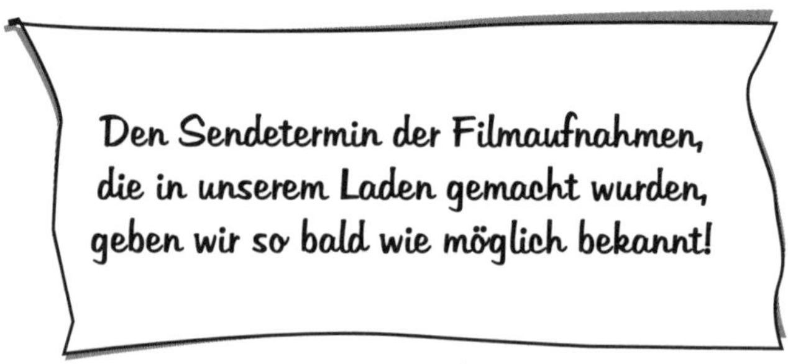

Aber immer noch riss der Kundenstrom nicht ab. Die Neugier ließ den Menschen keine Ruhe. Als dann schließlich der Abend nahte, an dem ab neunzehn Uhr der Film über Blatters Gurkenvampir gesendet werden sollte, hatte Herr Blatter eine Idee: In der breiten Einfahrt neben dem Gemüseladen, in der sonst immer der Lieferwagen geparkt wurde, stellte er sämtliche Gartenmöbel auf, die er finden konnte. Ein Fernseher wurde hoch oben auf einer Trittleiter festgebunden und Blatters luden Nachbarn, Kunden und Freunde ein, gemeinsam mit ihnen die Sendung anzuschauen.

Ben und Nick kamen mit ihren Eltern. Auch der Trainer sowie fast die ganze Fußballmannschaft wollten bei diesem Ereignis dabei sein! Nicht nur aus den Nachbarhäusern strömte eine Menge Leute herbei. Sogar Frau Semmel tauchte auf und brachte eine riesige Schüssel Kartoffelsalat mit, die sie wie eine Eintrittskarte vor sich her trug.

Es war ein wunderbarer Sommerabend. Frau Blatter blickte sehr zufrieden über die Menge der erwartungsvoll dasitzenden und schwatzenden Menschen. Fast alle hatten etwas zu essen oder zu trinken mitgebracht. Das Ganze wirkte wie eine Art Straßenfest, das in ihrer Einfahrt stattfand. Zum ersten Mal seit Monaten hatte Toms Mutter wieder Hoffnung: „Wir werden mit unserem Laden nicht untergehen! Mit all diesen Leuten werden wir es schon irgendwie schaffen!“ Ihr Gesicht leuchtete vor Freude. Tom hörte sie lachen. Auch sein Vater wirkte so fröhlich wie schon lange nicht mehr.

Neunzehn Uhr. Jemand zischte in die Runde, um für Ruhe zu sorgen.

Herr Blatter stellte den Ton des Fernsehers, auf dem bisher nur ein Bild zu sehen gewesen war, ziemlich laut. Die Menschen in der Einfahrt wurden still. Dann ertönte die Erkennungsmelodie des Regionalsenders. Eine Sprecherin verkündete: „Es ist neunzehn Uhr. Guten Abend, meine Damen und Herren! Wie jeden Tag sehen Sie jetzt *Nachrichten aus der Nachbarschaft,* heute aus dem Obst- und Gemüsegeschäft der Familie Blatter, wo ein geheimnisvolles Tier aufgetaucht ist.“

Als Tom dann mit dem Gurkenvampir, der an seinem rechten Zeigefinger baumelte, das erste Mal ins Bild kam, fiel Nick vor Lachen fast vom Stuhl.
„Oh Mann, die haben dir aber niedliche rote Bäckchen gemacht!“, japste er. Tom versank düster in seinem Korbsessel. Er war ja gleich dagegen gewesen, dass sich jemand mit einer Puderquaste an seinem Gesicht zu schaffen machte! Dass die vom Fernsehen jeden schminken mussten, der nicht rechtzeitig auf einen Baum flüchtete …!
Herr Blatter drehte den Ton des Fernsehers noch lauter. Gebannt verfolgte er den Bericht. Mit seinem eigenen Auftritt war er rundum zufrieden. Sein frisch gestärkter Kittel ließ ihn sehr vertrauenerweckend aussehen. Der Laden war eine Augenweide. Und seine Frau machte vor der Kamera eine wirklich hervorragende Figur!

Aber der Gurkenvampir war nicht zu schlagen. Spontan gaben die Zuschauer in der Einfahrt Kommentare in den höchsten Tönen ab, wie „Och nee" oder „Nein, wie süüüüüß!" Der Kameramann hatte hervorragende Aufnahmen gemacht. Dem Toningenieur war es sogar gelungen, ein herzhaftes Bäuerchen einzufangen, das dem Vampir nach dem Anbeißen und Aussaugen der siebten Gurke entfahren war.
Direktor Germer kam ausführlich mit seinen Fachleuten zu Wort und beschrieb, wie harmlos, aber einzigartig das Tierchen sei.

Der Höhepunkt der Sendung bestand jedoch darin, dass man dem Gurkenvampir eine Supermarktgurke angeboten hatte: Er biss herzhaft hinein – und begann sofort danach, mit Fauchen, Spucken und Niesen seine Ablehnung zu zeigen.
Die Kamera schwenkte von der ganz offensichtlich wütenden Fledermaus zu Herrn Blatter, der gebeten wurde, das merkwürdige Verhalten des Tieres zu erklären. Und endlich, endlich hatte Toms Vater die Gelegenheit, einmal vor ganz großem Publikum seine Ansichten über die Qualität von Nahrungsmitteln zu äußern! Er schloss seinen Beitrag mit den Worten: „Diese Fledermaus hat mehr Verstand als

so mancher Mensch! Ihr schmecken unsere völlig natürlich gewachsenen Gurken eben am besten!" Damit endete der Beitrag.
In der Einfahrt bei Blatters wurde der Fernseher abgeschaltet. Alle applaudierten. Tom holte den Gurkenvampir und zeigte ihn herum. Der machte wie immer alles gelassen mit, solange er an Toms Finger hing.
Frau Semmel trat unauffällig neben Frau Blatter und sagte in einschmeichelndem Tonfall: „Ich habe ja schon immer gewusst, was gute Qualität bei Lebensmitteln wert ist!"
Frau Blatter konnte sich ein kleines Lächeln nicht verkneifen.
Und Tom schmeckte endlich sein Abendessen wieder so richtig gut – auch wenn es nun ständig Gurkensalat gab!

16. Kapitel

Und zum Schluss …

Als Toms Fußballmannschaft vier Monate später zum Heimspiel auflief, trugen er und seine Mitspieler ziemlich neue, giftgrüne Trikots. Auf der Rückseite prangte jeweils die Nummer der Spieler, darüber ein Schriftzug, der verkündete, wer hier kam: DIE GURKENTRUPPE.
Einer der Gegenspieler hatte von diesem Mannschaftsnamen noch nicht gehört und lästerte beim Aufwärmtraining los: „Das werden ja schöne Pfeifen sein, wenn die sich selber als Gurkentruppe bezeichnen! Die fegen wir doch wohl mindestens Fünf zu Null vom Platz, oder?!"

Herr Blatter, der es sich nicht nehmen ließ, dem Fußballteam seines Sohnes zuzusehen, hatte unauffällig mitgehört. Ein leichtes Lächeln breitete sich auf seinem Gesicht aus. Seit der Sendung mit dem Gurkenvampir gab es keine wirtschaftlichen Sorgen mehr im Hause Blatter. Von überall her kamen Kunden. Der Gurkenvampir hing nun oft tagsüber an einer Ruhestange bei der Kasse. Manchmal biss er wie ein Lebensmitteltester bei den Kunden, die das

wünschten, schlaftrunken in eine Gurke. Dafür ließ er sich stets gern wecken! Ihm schien sein Leben bei den Blatters großartig zu gefallen.
Seit der Laden so gut lief, hatte sich Herr Blatter irgendwann bereiterklärt, den Jungen aus Toms Fußballmannschaft einen Satz neuer Trikots zu spendieren.

Da! Der Anstoß war erfolgt! Ben hatte ihn für seine Mannschaft ausgeführt, passte sofort zu Nick und Tom hatte sich unbemerkt vom Gegner in eine günstige Position gebracht. Nicks Schuss ging in den freien Raum – nur Tom hatte mit solch einem Pass gerechnet. Er sprintete los und erreichte den Ball knapp vor dem gegnerischen Torwart, der völlig verblüfft von dem blitzschnellen Angriff viel zu spät aus seinem Kasten gekommen war. Fast lässig versenkte Tom den Ball im Tor. Eins zu null nach dreißig Sekunden!
Tom jubelte. Endlich, endlich lagen die Tage voller Sorgen, Misserfolge und Enttäuschungen hinter ihm. Wenn ihm vor ein paar Monaten jemand gesagt hätte, dass eine kleine, grünbäuchige Fledermaus mit einer Vorliebe für Biogurken die Wende herbeiführen würde, Tom hätte es nicht geglaubt!

Zur Autorin:
Barbara Rath – geboren 1962, verheiratet, zwei Kinder – ist Diplom-Biologin mit den Schwerpunktbereichen Zoologie sowie Human- und Cytogenetik. Auf das Studium und die Arbeit für das Forschungsministerium in der Forschungsförderung folgte eine lange Familienphase. Ab 2002 war sie für 10 Jahre als freie Mitarbeiterin im Krefelder Zoo tätig, seit dem Jahr 2000 arbeitet sie als freie Autorin.

Zur Illustratorin:
Melanie Woicke, 1976 geboren, Abschluss als Diplom-Designerin an der FH Hamburg. Seit 2002 arbeitet sie als freiberufliche Illustratorin in Berlin.

Barbara Rath im BVK Buch Verlag Kempen

Vollhorst!

Ben hält seinen Großonkel für einen echten Vollhorst, einen Vollidioten eben. Aber egal, ob der Junge will oder nicht, er muss mit diesem Menschen in den unmöglichen Cordhosen und mit seinen schrecklichen Gewohnheiten eine Zeit lang auskommen.
Denn Bens Mutter liegt zu Beginn der großen Ferien plötzlich nach einem Autounfall weit entfernt in einem Krankenhaus. Großonkel Horst, dem ein Junge von zehn Jahren ebenso fremd ist, kümmert sich nun um Ben.
Doch er will von seiner gewohnten Mittagsruhe, seinem Dosenessen und seiner Abneigung gegen das Wort „geil" nicht abrücken – da ist Streit vorprogrammiert!

Taschenbuch ab 8 J., 120 S., **Best.-Nr.: LI53**
ISBN 978-3-86740-261-3, **EUR 5,90**

Der Rosenkohlpirat

Igitt, Rosenkohl!
Mark hasst Rosenkohl. Plötzlich sieht er die Chance, das Gemüse loszuwerden:
Der winzige Rosenkohlpirat taucht mit seinem Schiff aus dem Abfluss des Spülbeckens auf und verlangt laut schimpfend nach dem Rosenkohl.

Doch er nimmt nicht nur das Gemüse mit, sondern auch Mark – auf eine abenteuerliche Schatzsuche in den Kanälen unter der Stadt ...

Taschenbuch ab 8 J., 128 S., **Best.-Nr.: LI24**
ISBN 978-3-86740-031-2, **EUR 5,90**

Barbara Rath im BVK Buch Verlag Kempen

Die tibetanische Rennschnecke

Laura ist ein merkwürdiges Kind.
Zumindest sagen das alle: ihre Familie, die Klassenkameraden und die Lehrer. Laura hat nämlich keine Freunde, sie malt nur pechschwarze Bilder und sagt in der Schule kaum ein Wort.

Ausgerechnet als wirklich etwas sehr Merkwürdiges in Lauras Leben passiert, ändert sich das alles: Laura lernt nämlich Li Su kennen, eine echte tibetanische Rennschnecke.

Li Su stellt Lauras Leben geradezu auf den Kopf, denn um der Schnecke zu helfen, muss Laura eine Menge lernen! Vor allem, wie man Freunde findet ...

Taschenbuch ab 8 J., 124 S., **Best.-Nr.: LI08**
ISBN 978-3-936577-87-7, **EUR 5,90**

Der Fall Samson

Was für ein Katastrophensommer! Erst die Trennung von Jos Eltern, dann der Umzug in ein kleines Dorf und nun ist auch noch Jos Kater Samson verschwunden.

Doch dann lernt er Vera, Mark und Sina kennen. Obwohl die vier bei ihrer ersten Begegnung aneinandergeraten, begeben sie sich schon bald auf eine spannende Spurensuche.

Mini-Buch ab 8 J., 60 S., **Best.-Nr.: LI21**
ISBN 978-3-86740-028-2, **EUR 2,40**